Marten Zabel

Jon Danger und der Palast der Dogen

Jon Danger, Band 7

Marten Zabel

Jon Danger und
der Palast der Dogen

Abenteuerroman

Bibliografische Information der Deutschen Nationalbibliothek:
Die Deutsche Nationalbibliothek verzeichnet diese
Publikation in der Deutschen Nationalbibliografie; detaillierte
bibliografische Daten sind im Internet über http://dnb.dnb.de
abrufbar.

Weitere Informationen unter jondanger.com

Verlag: BoD · Books on Demand GmbH, Überseering 33,
22297 Hamburg, bod@bod.de

Druck: Libri Plureos GmbH, Friedensallee 273, 22763
Hamburg

ISBN: 978-3-8192-1151-5

Doktor Jonathan Daniel Danger fiel auf dem Maskenball trotz seiner bunten Bauta-Maske kaum auf. Jeder hätte sich in dieser Menge maskierter Menschen verstecken können. Die Masken sorgten dafür, dass jeder hier jeder hätte sein können. In der Theorie.

Altertümlicher Prunk bestimmte die Einrichtung im Palazzo: Die hohe Decke war mit bemaltem Stuck verziert und mit einem riesigen Gemälde einer Himmelslandschaft voller nackter Engelein bemalt. Vergoldete Gasleuchter flackerten an den Wänden, dazwischen Gemälde aus mehreren Jahrhunderten, unter denen es gepolsterte Sitzgelegenheiten gab. Am Ende des Saals, der etwa acht mal zwanzig Schritte maß, befanden sich zwei hohe Fenster mit langen, schweren Samtvorhängen in Dunkelrot. Eines der Fenster stand einen Spalt offen und ließ ein wenig der kalten Januarluft Venedigs in den Raum voller Menschen. Sogar die Bediensteten trugen Masken.

Es war eine bunte Gesellschaft, von der kein einziges Gesicht zu sehen war. Bunte Harlekinsmasken mit Glöckchen daran. Eine Frau mit einer riesigen Sonnenmaske, die an eine Laterne erinnerte. Männer und Frauen mit Pestarzt-Masken, lange Schnäbel, unter die sich ein Weinglas schieben ließ. Bauta-Masken wie Jons eigene, mit einem großzügig vorladenden, kantigen Kinn, das ebenfalls das Essen und Trinken erlaubte. Eine Frau mit engem roten Paillettenkleid und einer passenden Maske mit Katzenohren, stechend grüne Augen in den Löchern ihrer Vermummung sichtbar. Dazwischen Bedienstete: Männer mit einfachen runden Masken, Frauen mit bunt bemaltem Oval vor dem Gesicht – ohne Münder. Wie Jon wusste, hielten die Hausangestellten ihre Masken mit dem Mund fest und konnten somit nicht sprechen, selbst wenn es von ihnen verlangt worden wäre.

Der Maskenball erstreckte sich über zwei der vier Etagen sowie den kleinen aber gemütlichen Hof im Palazzo Dantarini, direkt am Canal Grande. Es mussten um die hundert Gäste hier verteilt sein, schätzte Jon.

Die Bediensteten trugen Tabletts mit kleinen belegten Broten, Cicchetti genannt. Und natürlich Getränke – Wasser, Wein und eine grüne Flüssigkeit, die vermutlich Absinth war. Er kannte den Geschmack nicht aber er spürte bereits jetzt die erste Wirkung des halluzinogenen Getränks: Er hätte schwören können, dass sich die Masken der Menschen in seiner Nähe bewegten.

Der Geruch von Wein und geröstetem Brot lag in der Luft. Dazu Parfum, getragen von Frauen wie Männern, in verschiedensten Duftnoten. Das warme Licht der Gaslampen warf viele Schatten in den Raum, die bunten Masken sorgten für ein visuelles Chaos. Jon realisierte, dass er ein wenig zitterte, setzte sich auf einen Diwan am Rand des Raums. Die Frau mit der Katzenmaske setzte sich zu ihm und sprach ihn auf Italienisch an.

„Es wäre unhöflich, einen Mann mit Maske nach dessen Namen zu fragen. Aber Sie bewegen sich, als seien Sie zum ersten Mal auf einer Veranstaltung wie dieser. Gefällt Ihnen diese Maskerade?" Die grünen Augen hinter der roten Katzenmaske funkelten. Jon bemerkte eine blonde Locke, die aus der hochgesteckten Frisur der Frau herausfiel und ein sich um das linke Katzenohr rollte. Die Maske war mit goldenen Steinchen verziert und bedeckte nur die obere Gesichtshälfte. Der Mund darunter, volle Lippen, dunkelrot geschminkt, schmunzelte ihn spöttisch an.

„Es ist nicht mein erster Maskenball – aber der erste in Venedig", antwortete Jon wahrheitsgemäß. „Sagen Sie, ist das hier Absinth?"

„Was denken Sie?"

„Ich denke, es ist mehr als nur Alkohol. Da wir beide maskiert sind, werde ich Sie ebenfalls nicht nach Ihrem Namen fragen."

Die Frau benahm sich, als wäre sie seine Gastgeberin. Jon vermutete, dass sie zur Familie Dantarini gehörte, die diesen Ball veranstaltete. Weiß Gott, wie Lorenzo an Einladungen gekommen war – die Leute hinter den Masken hier waren zum großen Teil aus Adelsfamilien so alt, dass viele ihre Vorfahren unter echten römischen Konsuln verorteten. Der Referenzbibliothekar und der kanadische Archäo-Linguist waren hier zwei Fremdkörper. Ihre Masken mochten ihre Gesichter verbergen – ihre Bewegungen jedoch mussten ihre Fremdheit hier genauso verraten, wie es Jons Akzent tat.

„Sind Sie Amerikaner?", fragte die Frau mit der Katzenmaske.

„Knapp daneben. Kanadier. Aber ich habe eine Weile in Neu-England gelebt."

„Gefällt Ihnen Venedig?"

„Das will ich meinen. Das sind prächtige Masken. Faszinierendes Kunsthandwerk. Und die Architektur hier ... Fantastisch. Jedes dieser Häuser ist älter als das Land, in dem ich aufgewachsen bin."

„Ich kann Ihnen gerne noch ein paar Dinge zeigen, die Ihnen an Venedig gefallen könnten. Kommen Sie."

Die Frau stand auf. Jon tat es ihr gleich, merkte, dass die Welt ein klein wenig hinter seinen Bewegungen her hinkte. Während die Frau sich vor ihm durch die bunt maskierten

Ballgäste bewegte, fiel Jon die Rundung ihres Pos auf, die durch das glitzernde Kleid gut betont war. Er stellte auch fest, dass es ihm schwerfiel, seinen Blick zu fokussieren, folgte der Unbekannten aber dennoch.

Die Gespräche der Feier, alle Geräusche um ihn herum, setzten immer wieder aus. Während Jon der Frau durch einen weiteren Saal folgte, hörte er aus verschiedenen Richtungen einzelne Stimmen präzise und genau wieder aus dem Nichts auftauchen.

Ein Mann, irgendwo schräg hinter ihm: „... das Bankgeschäft mit den Österreichern wird sich nicht lohnen, denn ...“

Eine Frau, links von ihm: „... der Mann hat doch schon jedes Dienstmädchen geschwängert und entlassen. An ihrer Stelle würde ich da eher ...“

Ein anderer Mann, vor ihm, rechts, möglicherweise weiter oben in einem höheren Stockwerk: „... dieser Wein ... Wo kann ich den bekommen?“

Die Frau führte ihn eine geschwungene Holztreppe hinauf, die sich in zwei geschnitzten Bögen eine Etage höher wandte und aussah, als wäre sie das Lebenswerk eines einzelnen Künstlers gewesen. Zu irgendeinem Zeitpunkt musste sie seine Hand genommen haben, denn sie führte ihn daran hinter sich her, durch eine große Tür in ein opulentes Schlafzimmer. Der Raum war nicht riesig – dafür war der Platz in dieser Stadt zu klein – aber für venezianische Verhältnisse recht groß. Und es waren schon andere Menschen hier.

Das Zimmer war mit dunklem Holz vertäfelt und von mehreren Kerzenleuchtern erhellt, die auf Tischchen in den Ecken standen. Schwere Vorhänge, wie im Rest des Palazzos aus tiefrotem Samt, verhängten die hohen Fenster. Ein riesiges Himmelbett mit Platz für fünf unruhige Schläfer dominierte den Raum – allerdings schlief darauf aktuell niemand. Mehr als ein halbes Dutzend ineinander verschlungene Körper befanden sich auf den Laken. Drei Männer und vier Frauen – in verschiedenen Stadien der Entkleidung aber allesamt noch immer maskiert. Jon sah Schenkel, Brüste, Bäuche, einen haarigen Männerhintern in rhythmischen Stößen.

Die Grünäugige führte ihn weiter in den Raum hinein, vorbei an einem Diwan, auf dem eine weitere Frau saß, während eine andere vor ihr kniete, die grüne Halbmaske mit Federschmuck zwischen milchigen Schenkeln, die Zunge dazwischen beschäftigt. Jons Führerin setzte ihn neben die Frau auf dem Diwan. Er hatte das Gefühl, sich ewig tief fallenlassen zu können, dass die ganze Welt mit ihm kippte. Dann saß er auf dem Sitzmöbel und blickte zur Seite auf seine Sitznachbarin. Rote Locken fielen unter einer Harlequinsmaske hervor, die einen betörend rot lackierten Mund hatte. Die Frau am Boden davor war mit der Zunge in ihre Aufgabe vertieft, hatte die Augen hinter der mit glitzernden Glassteinen besetzten Halbmaske geschlossen. Jon spürte, dass seine eigene Partnerin, die Frau mit der roten Katzenmaske, begann, seine Hose zu öffnen.

Er wehrte sich nicht, als die Lippen der Frau sein Glied umschlossen. Die Wärme ihres Mundes umfing ihn, er spürte ihr geschicktes Zungenspiel, lehnte sich zurück und spürte erneut die Droge aus seinem Getränk wirken. Er fühlte sich, als ließe er sich in warmes Wasser oder in Watte fallen, angenehm, aber irgendwie stets im Kippen, niemals in der Horizontale ankommend, legte er sich in das Universum. Wieder verstummte der Raum, setzten die Geräusche der Orgie um ihn herum aus, um dann Stück für Stück aus verschiedenen Richtungen wieder auf ihn einzudringen, während die Frau vor ihm kniete und ihm die beste Fellatio bescherte, die er je erlebt hatte.

Er war kurz vor dem Höhepunkt, als sie aufstand und sich zu ihm beugte, um ihm ins Ohr zu flüstern: „Ihre Maske verhindert leider, dass Sie sich angemessen revanchieren. Machen wir es also so." Sie raffte ihr eng anliegendes rotes Paillettenkleid an den Schenkeln hoch, stieg auf seinen Schoß, griff sein Glied und führte es in sich ein. Ein Stöhnen entfuhr ihr – und Jon ebenfalls. Er wollte seine Arme heben, ihre Hüften greifen, aber es gelang ihm kaum, sich zu bewegen. Sie ritt ihn weiter, hielt sich mit einer Hand an seiner Schulter fest, griff mit der anderen zwischen ihre Beine und rieb sich ihre Klitoris, während sie ihren Rhythmus auf Jons Schoß beschleunigte.

Ihre Beine zitterten auf ihm, ihr ganzer Körper bebte, als sie von einem Orgasmus geschüttelt wurde, der ihr einen kleinen Lustschrei über die Lippen trieb. Jon explodierte förmlich in der maskierten Fremden, ihm wurde kurz schwarz vor Augen. Trübe nahm er den Raum wahr, während die Frau in letzten Bewegungen auf ihm blieb. In einer Ecke, neben dem Fenster, stand ein Mann mit Dreispitz und einer Bauta-Maske, ähnlich Jons eigener. Der Mann wurde von zwei Frauen befriedigt, die vor ihm knieten – beide maskiert, eine mit roten und eine mit schwarzen Haaren. Aber trotz dessen starrte der Maskierte Jon an. Grüne Augen. Hasserfüllt.

Jon schob die Fremde fast kraftlos von sich herunter, wollte den Raum verlassen, musste raus, fort von dieser seltsamen Orgie und dem Mann mit dem Dreispitz. Er murmelte eine Entschuldigung in gebrochenem Italienisch. Es gehe ihm nicht gut, er bräuchte etwas Luft. Er fand den Weg die Treppe herunter, stellte rechtzeitig fest, dass er seine Hose schließen sollte, drängelte sich durch die Gäste des Balls. Auf dem kleinen Hof griff er sich eine Karaffe mit Wasser von einem Tischchen und trank in großen Schlücken direkt daraus, bis sie zur Hälfte geleert war.

Der kleine Hof wurde von Lampions erleuchtet und hatte als zentrales Schmuckstück einen einzelnen Baum, der im Sommer zur Mittagszeit Schatten spenden mochte. Das Wasser half, Jon fühlte sich ein wenig besser. Er würde seinen Weg zurück zum Hotel finden müssen. Lorenzo würde keine Hilfe sein – ihn jetzt zu kontaktieren war zu gefährlich. Jon Danger musste die Party verlassen und auf eigene Faust durchkommen. Er ging über knirschende Kieselsteine an einem steinernen Brunnen vorbei – zurück ins Innere des Palazzos. Durch die kleine Eingangshalle, ein Diener öffnete ihm die Tür. Er trat in die Gasse auf der Rückseite des Gebäudes – auf der Vorderseite lag schließlich der Canal Grande und Jon hatte kein Boot.

Venedig war schon nüchtern und bei Tageslicht undurchschaubares Labyrinth aus engen Gassen, Tunnels durch uralte Gebäude, kleinen Brücken, Sackgassen zwischen den Häusern sowie plötzlich den Weg versperrenden Eisengattern oder Kanälen. Bei Nacht und mit Weiß-der-Teufel-Was im Blut wusste Jon, dass die Rückkehr zu seinem Hotel nicht einfach werden würde.

Er war fünfzig Schritte von der Palazzo-Tür entfernt unter einer Laterne um eine Ecke in eine enge Gasse eingebogen. Jon hätte beide Wände neben sich, altes Mauerwerk aus roten Backsteinen, mit ausgestreckten Händen berühren können. Weiter oben waren vergitterte Fenster in die Fassaden eingelassen, hier unten gab es nur ab und zu eine verschlossene Tür aus schwerem, lackiertem Holz. Er ging weiter, schwankte, wie er hoffte, nur leicht. Wieder setzte der Klang der Welt aus. Das erste Geräusch, das wieder zu ihm vordrang, waren Schritte hinter ihm. Von mehreren Personen. Dann kamen welche vor ihm dazu.

Jon blieb stehen, blickte auf und sah im Schein der übernächsten Laterne eine Gestalt in der Gasse stehen. Der Mann trug eine weiße Maske und einen Dreispitz, dazu einen schwarzen Mantel. War es der Grünäugige aus dem Palazzo? Er drehte sich um und nahm hinter sich drei weitere, gleichermaßen maskierte und vermummte Männer wahr, die um die Ecke kamen. Wie auf ein unhörbares Zeichen hin, zückten alle unter ihren schwarzen Mänteln lange Stiletts hervor. Jon fühlte sich schlagartig deutlich nüchterner.

Das Trio von hinten kam langsam, fast entspannt, auf Jon zu. Der einzelne Maskenmann, der ihm den Weg nach vorne abgeschnitten hatte, blieb mit gezückter Klinge stehen, war etwa zwanzig Schritte entfernt. Jon war unbewaffnet. Würde er versuchen, an dem einzelnen Mann vorbeizukommen, hatte dieser viel Zeit, seine Klinge in Position zu bringen und ihn abzustechen, wenn dieser ihn erreichte. Das andere Trio hingegen – die drei Männer waren in der Überzahl, bewaffnet, mutmaßlich in Vollbesitz ihrer geistigen und körperlichen Kräfte. Sie rechneten nicht mit einem Angriff.

Als sie auf vier Meter heran waren, schloss Jon die Distanz zwischen ihnen mit zwei explosiven Sätzen und rammte dem mittleren der drei die Schulter vor die Brust, während er dessen Messerarm mit beiden Händen umfasste, über dessen rechte Schulter drehte und die Klinge auf den Nebenmann führte. Dieser wich gegen die Hauswand zurück, geriet ins Straucheln, fiel. Jons direkter Gegner fiel unter der Wucht des

Angriffs ebenfalls. Jon stieß sich von ihm ab, trat auf ihn, spürte kurz ein Zupfen an seiner Jacke. Er nutzte seinen Schwung, um auf den Beinen zu bleiben, stolperte drei Schritte über die Kopfsteine, fing sich und rannte weiter, ohne sich umzudrehen.

Die Maskenmänner hatten einen Moment gebraucht, sich aufzurappeln und folgten Jon die enge Gasse entlang. Der bog auf gut Glück links in eine weitere Gasse ab. Diese war fast stockdunkel. Jon realisierte nach einigen Metern, dass er sich in in einem Tunnel befand, der durch ein Gebäude führte. Er kam im Schein einer Laterne auf der anderen Seite heraus, wo die Gasse weiter geradeaus verlief. Wieder nach links, dann nach rechts – dann fand sich Jon sich in einer Sackgasse wieder.

Der Platz war nicht groß – vielleicht acht Schritt im Quadrat. Vierstöckige Gebäude an allen Seiten, der Ausgang der Gasse, aus der er gekommen war, acht verschlossene Hauseingänge und ein wenig Licht, das von einer einzelnen Laterne stammte. Die Maskenmänner hatten den Eingang zum Platz erreicht, kamen aus der engen Gasse und breiteten sich nebeneinander aus. Zwei Mann versperrten den Ausgang, die anderen beiden gingen langsam nach rechts und links, um Jon zu flankieren. Die weißen Masken ausdruckslos, das Licht zu schwach, um ihre Augen dahinter zu erkennen. Die Stilette glitzerten im Schein der Laterne.

Jon blickte von der Laterne weg auf das Dunkel der Gasse, aus welcher er gekommen war. Zwei Männer versperrten ihm den Weg. Wenn der Angriff kam, würde er von allen Seiten kommen. Er musste handeln. Jon griff in die Tasche, spürte den Beutel mit Münzgeld, etwa acht Lira, seine einzige Waffe. Er warf schräg über sich, die schnelle Bewegung eine

Überraschung für die vier Maskierten, die instinktiv etwas zurückwichen. Es klirrte, das Licht der einzigen Laterne, die den Platz erhellte, erlosch.

Jon wetzte los, wollte seinen Widersachern keine Gelegenheit geben, ihre Augen an die Dunkelheit zu gewöhnen. Er griff den Schatten des rechten Mannes dort, wo er oberhalb der hellen Klinge den Arm mit der Messerhand vermutete, stieß den Gegner beiseite und in dessen Kameraden hinein. Ein stechender Schmerz durchfuhr Jons Bein, er blieb nicht stehen, lief, humpelte in die dunkle Gasse, nahm die nächste Abbiegung, stolperte über den Bogen einer kleine Brücke. Die Männer folgten ihm, er lief weiter, spürte, dass das Stilett noch in seinem linken Oberschenkel steckte, ignorierte den Schmerz und humpelte am Kanal auf einem Fußweg entlang. Dann durch einen Durchgang in einem Haus, quer über eine Kreuzung zu einem noch engeren Gang, bei dem er fast mit den Schultern beide Seiten berührte. Hinter ihm Schritte. Er drehte sich nicht um, blieb gerade noch stehen, als der Weg abrupt endete. Wasser glänzte im Mondschein: Er war an einen Kanal geraten.

Jon drehte sich um. Der vorderste seiner Verfolger war ebenfalls stehengeblieben, wusste ihn in einer weiteren Sackgasse. Ein Sprung ins kalte Januarwasser wäre lebensmüde gewesen. Jon sah sich um. Dann griff er nach links: Es war das Stakholz einer Gondel, das da an der Wand lehnte. Er nahm Schwung und bevor der Mann mit der Maske und dem Messer etwas unternehmen konnte, flog Jon mit dem Stab über den Kanal, keuchte zwischen den Zähnen als er auf der anderen Seite auf einer Anlegestelle landete und das Messer in seinem Bein einen stechenden Schmerz durch seinen ganze Körper jagte. Die Maskenmänner standen fünf Meter entfernt und waren doch zu weit weg. Der Kanadier zog sich humpelnd in das Labyrinth der nächtlichen Gassen Venedigs zurück. Er hoffte, sein Komplize an diesem Abend hatte mit der Mission im Palazzo Dantarini Erfolg gehabt.

Giovanni Dantarini saß erschöpft an seinem Schreibtisch. Sie hatten den geheimnisvollen Ausländer verloren – obwohl er ihm sein Stilett ins Bein gerammt hatte. Harter Bastard. Erst bei ihrer Rückkehr in das Palazzo hatte er gemerkt, was geschehen war: Jemand war vom Ball aus in den Seitenflügel geschlichen und hatte die Bibliothek mit den Familienunterlagen durchwühlt. Die Akten seiner Familie, alte Geheimnisse, Buchführung, die bis zur jener legendären Zeit zurückging, als die Dantarinis noch Konsuln im römischen Reich gewesen waren.

Der Ausländer konnte es nicht gewesen sein, er hatte ihn schließlich den ganzen Abend beobachtet. Aber er war mit Sicherheit darin verwickelt. Sie mussten ihn finden. Und es konnte nicht so schwer sein. Maske hin oder her: Ein Kanadier, blaue Augen, am Bein verletzt. Er rief Vincente zu sich. Der sollte herumtelefonieren und herausfinden, wo der Mann wohnte. Dann würden sie ihm einen Besuch abstatten.

Doktor Jonathan Daniel Danger verbrachte eine unruhige Nacht in seinem Hotel nahe der Rialtobrücke. Er hatte das Stilett in der Sicherheit seines geräumigen Zimmers im dritten Stock herausgezogen und die Wunde versorgt. Er hatte Glück gehabt: Die Waffe hatte weder Sehnen durchtrennt noch größere Blutgefäße getroffen. Die Wunde ausgewaschen und verbunden, legte er sich erschöpft auf das Bett in dem antiken Raum.

Das Stilett war nicht das Messer eines Straßenräubers: Es war edel gearbeiteter, vermutlich antiker, geschmiedeter Stahl. Die Wunde verlief einmal durch den linken Oberschenkel. Dabei war seine Schussverletzung am Arm gerade verheilt gewesen. Jon hatte die Feiertage und den Jahreswechsel auf dem Anwesend von Phils Familie in England verbracht, gepflegt vom Arzt der Familie Wentworth-Ganterbury. Beim Studium der Aigner-Tagebücher hatte er erfahren, was Elena bereits angedeutet hatte: Der alte Österreicher hatte die untere Hälfte der Stele mit antedeluvischen Schriftzeichen in Venedig gelassen, als Bezahlung an einen Freund und Mitfinanzier seiner Expeditionen: Gandolfo Dantarini.

Professor Fincher hatte ihm per Post einen Kontakt in Venedig empfohlen: Lorenzo Lancerotti war Referenzbibliothekar an der hiesigen Universität. Er war die Sorte von Mann, ohne die eine Forschung im immer weiter wachsenden Fundus des menschlichen Wissens unmöglich geworden war: Jemand, der wusste, wo welche Informationen zu finden waren. Es war Lorenzo gewesen, der die Idee hatte, den Maskenball der Dantarinis zu nutzen, um heimlich im Familienarchiv zu stöbern. Jon war nur das Ablenkungsmanöver gewesen: Ein Fremder, ein Ausländer, auf dem Ball voller Unbekannter eine auffällige Anomalie.

Nach dem Frühstück humpelte Jon aus dem Hotel und in die enge Gasse davor. Er ging über einen Marktplatz, auf dem Fisch und Frisches Obst gehandelt wurde, zum nächsten Anleger. Ein Gondoliere fragte ihn nach seinem Ziel, während er sich an Bord des kleinen aber edel gearbeiteten und lackierten Boots hievte. „Ca' Foscari", sagte Jon. Der Mann stieß das Boot mit dem Stakholz ab, das Jon an letzte Nacht erinnerte. Zwanzig Minuten später erreichte er die Universität, bezahlte den Schiffer und humpelte durch das Tor über den Hof in die Bibliothek, in der Lancerotti seine Arbeitsstelle hatte.

Lorenzo Lancerotti sah genauso übernächtigt aus, wie Jon. „Dottore Danger!", rief er und kam ihm entgegen. „Sie humpeln. Sind Sie verletzt?"

„Bin ich. Können wir ungestört sprechen?" Die Bibliothek hatte hohe Decken und hohe Fenster, war aus grauem Stein gebaut und wurde um diese Zeit unter der Woche vor allem von Studenten frequentiert.

„Wir nehmen einen der Registerräume, kommen Sie." Lorenzo führte Jon durch eine Holztür in einen dunkel vertäfelten Raum mit elektrischem Licht, einem Schreibtisch und jeder Menge Magazinschubladen.

Nachdem Lorenzo die Tür geschlossen und sich beide hingesetzt hatten, zog Jon das Stilett aus seiner Umhängetasche und legte es auf den Schreibtisch. „Das hat mir gestern jemand ins Bein gerammt. Was können Sie mir dazu sagen, Signor Lancerotti?"

Lorenzo Lancerottis Augen wurden ein Stück größer. Der Bibliothekar war ein wenig älter als Jon, hatte lockiges dunkles Haar, passende braune Augen und eine kleine Nickelbrille mit runden Gläsern. Die rückte er jetzt nervös zurecht.

„Klassischer venezianischer Stil. Diese Art von Stilett wird in dieser Stadt schon seit dem Spätmittelalter geführt. Meist zur Selbstverteidigung. Oder für Attentate. Wer hat Sie angegriffen, Doktor Danger?"

„Sie trugen Masken. Bauta. Alle vier."

„Vier? Vier Mann? Wie sind Sie entkommen?"

„Über einen Kanal. Aber sagen Sie: Hatten wir Erfolg?"

„Hatten wir, Dottore Danger, hatten wir. Aber zu was für einem Preis?" Lancerotti hob theatralisch die Hände. „Sie von Attentätern fast ermordet, ich die Nacht auf dem Lesesessel ..."

„Lesesessel?"

„Dottore Danger."

„Sagen Sie Jon. Darf ich Lorenzo sagen? Nach dem Abenteuer der letzten Nacht scheint das angemessen. Wo haben Sie mich da reingeführt?"

„Jon. Das war eine wichtige Party. Reiche, mächtige Leute, die Spaß haben wollen. Ich kenne jemanden, der jemanden kennt, der jemandem einen Gefallen schuldet. Anders kommen wir nie an die Sachen der Dantarinis. Und dann komme ich morgens um zwei nach Hause und rieche nach Wein und Weib, was denken Sie, wie meine Frau reagiert hat?"

„Soll ich mal mit ihr reden?"

„Ja. Auf jeden Fall. Kommen Sie heute Abend zu uns. Vittoria kocht großartige Tortellini. Hoffe ich zumindest. Vielleicht können Sie ihr erklären, dass wir rein professionell auf diesem Maskenball waren."

„Es hat sich auf meiner Seite nicht sehr professionell angefühlt. Jemand hat mir was in den Drink getan."

„Das war Absinth, Dottore."

„Jon."

„Jon. Ich glaube zumindest, dass es Absinth war. Ich habe lieber die Finger davon gelassen. Wie dem auch sei..." Lorenzo holte ein Buch aus einer Schublade hervor und legte es auf den Tisch. Es war in Leder gebunden und sah aus, als sei es ein Jahrhundert oder mehr alt. „Das ist ein Teil der Familienchronik der Dantarinis. Inventarlisten, hauptsächlich. 1873 haben die einen Gegenstand aus Stein verzeichnet, den ein Alois Aigner dem alten Dantarini übergeben hat. Der wurde in ein Möbelstück eingelassen, eine spezielle Standuhr."

„Und die ist noch im Palazzo? Müssen wir da nochmal rein?"

„Nein. Da ich zuhause nichts zu erwarten hatte, bin ich schon sehr früh auf den Beinen gewesen. Ich war im Stadtarchiv und habe recherchiert, denn ich hatte in Erinnerung, dass die Dantarinis vor ein paar Jahren bei der Eröffnung des Museums im Dogenpalast einiges an Inventar gestiftet hatten. Und tatsächlich: Das gesamte Zimmer, mitsamt Sitzmöbeln, Wandbehängen und der besagten Standuhr, ist heute im Dogenpalast ausgestellt."

„Kommen wir da ran? Ich könnte einen offiziellen Antrag der Miskatonic University stellen."

„Eine offizielle Anfrage wird beim neuen Museum Monate dauern, die haben ihre Papiere noch immer nicht in Ordnung. Ich weiß das, weil letztes Jahr ein Professor aus Rom etwas untersuchen wollte und der wartet noch immer auf Antwort. Vielleicht können wir jemanden bestechen, um an die Uhr ran zu kommen. Wie genau wollen Sie sie analysieren?"

Jon zuckte mit den Schultern. „Wenn die untere Hälfte der Stele zum Rest passt, dann reicht mir vermutlich im Notfall ein Abrieb. Ich bin an der Inschrift interessiert und bräuchte eine recht genaue Kopie davon, mit der ich arbeiten kann."

„In welcher Schrift soll das Ganze noch sein?"

„Ich nenne sie Antedeluvisch B. Aktuell kann sie niemand wirklich lesen aber ich habe ein Hilfsmittel, mit dem es geht. Das ist allerdings derzeit auf dem Weg in die Staaten, ich habe es nach Arkham geschickt, damit es nicht verloren geht."

„Und wir müssen da also ran kommen? Kommen Sie zum Abendessen zu uns nach hause, dann können wir weiter planen – ich habe hier leider auch noch andere Aufgaben zu erledigen."

„Natürlich. Deine Adresse habe ich ja."

„Ach ja, Dottore, noch eine Sache. Wenn tatsächlich Attentäter hinter Ihnen her sind ..." Lorenzo stellte seinen ledernen Aktenkoffer auf den Tisch, öffnete ihn und holte etwas heraus. Es war ein ledernes Holster mit einer kleinen Pistole darin. „Die leihe ich Ihnen, während Sie in Venedig sind. Sieben Schuss. Hier ist ein Reservemagazin drin", Lorenzo tätschelte eine kleine Tasche, die an das Holster angebracht war.

Jon öffnete den Druckknopf des Holsters und zückte die Waffe probeweise. Eine selbstladende Pistole. „BERETTA" war in die Seite eingraviert. Sie war winzig, verschwand in seiner Handfläche. Er zog das Magazin heraus, prüfte bei zurückgezogenem Schlitten, dass sich keine Patrone im Verschluss befand, entspannte die leere Waffe und schob das Magazin wieder hinein. „Wenn man nachts von der Arbeit heimkehrt, sind dunkle Gassen nicht immer ein sicherer Ort", sagte Lorenzo etwas beschämt.

„Danke", antwortete Jon. „Ich würde sie nicht annehmen aber gestern Nacht hätte ich die wirklich gebrauchen können. Du bekommst sie wieder."

Die beiden Männer verabredeten sich zum Abendessen. Jon wollte im Hotel noch Briefe und Ansichtskarten schreiben – an die Universitätsleitung, an seinen Vater, an Phil, an Professor Hanworth, an dessen Tochter Leigh, an Professor Fincher, sogar eine Postkarte an Elena. Er fuhr mit einer Gondel zurück und schleppte sich über den kleinen antiken Marktplatz zurück in das Hotel. Er kam gerade die Treppen hoch, als er die Alarmsirenen hörte.

Das System war relativ neu installiert – noch vor einigen Jahren hätten die Kirchenglocken der Stadt geläutet. Der Klang der Sirenen erinnerte Jon an das Militärlager in Belgien, in dem sie in Gefechtspausen ein wenig mehr Ruhe gefunden hatten, bevor es wieder für Wochen in die Gräben an der Front ging. Das lag fast ein Jahrzehnt zurück aber ging ihm noch immer durch Mark und Bein. Hier bedeuteten die Sirenen aber keinen Luftangriff der Deutschen, sondern Hochwasser.

Venedig lag nur knapp über dem Meeresspiegel. Regelmäßig brachten höhere Fluten die Stadt unter Wasser. Knie- oder hüfthoch stand es dann in den Gassen und auf den Wegen, hatte Jon sich sagen lassen. Das war nicht gefährlich – die Venezianer verbarrikadierten ihre Eingänge im Erdgeschoss, zogen sich Gummistiefel an oder legten Stege aus. Aber es war Januar. Das Wasser war kalt. Jon studierte seinen Stadtplan auf dem Zimmer, schrieb Briefe. Dann humpelte er die Treppe herunter zur Rezeption, um die Post abzuschicken.

Die ältere Frau hinter dem Tresen nahm die Briefe und Ansichtskarten entgegen. Dann klingelte das für das alte Gebäude überraschend moderne Telefon und sie nahm ab, meldete sich mit einem knappen „Pensione Guerrato", gefolgt von einigen sporadischen „Si". Jon wollte sich gerade umdrehen, da winkte sie ihm zu. „Es ist für Sie, Dottore Danger."

Verwirrt nahm Jon das Telefon entgegen, griff das Sprachstück und hielt sich den Hörer ans Ohr.

„Hallo?"

„Dottore Danger?", eine Frauenstimme, rauschend und weit weg, venezianisches Italiensisch aber für Jon durchaus verständlich.

„Das bin ich. Wer spricht dort?"

„Das tut wenig zur Sache. Hören Sie, Männer sind auf dem Weg zu Ihnen. Die wissen, wo Sie wohnen. Verlassen Sie das Hotel. Die müssen schon fast bei Ihnen sein."

„Wer sind Sie?"

„Laufen Sie, Danger!" Die Verbindung wurde unterbrochen. War es die Frau mit den grünen Augen von letzter Nacht gewesen? Jon gab der Portierin wortlos das Telefon zurück und humpelte die Treppe rauf in sein Zimmer. Er verriegelte die Tür hinter sich.

Die Sachen waren schnell gepackt. Jon steckte alles in seinen Rucksack, als er hörte, dass mehrere Männer laut polternd die Treppe heraufkamen. Er lief zu einem der vier Fenster seines Zimmers und blickte hinaus. Die Stadt war tatsächlich überflutet: Grau spiegelte sich der Himmel im kappeligen Wasser, das auf dem Platz unten hinter dem Nebengebäude stand. Ein Boot war dort ebenfalls zu sehen – an einem Ort, an dem normalerweise Fußgänger unterwegs waren. Ein Mann stand darin, hielt es mit einem Stakholz in Position, während ein weiterer Mann ihn direkt ansah, dann eine Maske aufsetzte und sich ins Boot beugte. Hinter Jon hämmerte es laut an die Tür zu seinem Zimmer.

Der Mann im Boot hob etwas, das wie eine Mischung aus Pistole und Gewehr aussah. Jon hatte so etwas im Krieg gesehen: Ein Karabiner, wie ihn Artilleristen der Deutschen zur Verteidigung ihrer Geschütze trugen. Im freien Feld aufgrund der geringen Reichweite recht harmlos. Im Kampf im Graben oder in der Stadt eine gefährliche Waffe, da sie die Feuerrate einer Pistole mit Schulterstütze und langem Lauf eines kurzen Gewehrs verband. Jon kletterte auf den Fenstersims. Der Mann legte auf ihn an, als die Tür zum Zimmer aus den Angeln splitterte. Jon sprang, der Mann im Boot gab einen Schuss ab.

Die Kugel pfiff an Jons Ohr vorbei, während er die Lücke zwischen den Gebäuden überflog, auf den Schützen zu aber dann aus dessen Sichtfeld. Er schlug hart auf das schräge Dach des Nachbarhauses auf, hörte Dachziegel unter sich brechen, spürte den stechenden Schmerz in seiner Wunde. Er drehte sich auf den Hintern, hatte die Waffe in der Rechten, seine Linke und die Füße suchten hektisch Halt auf den Dachziegeln. Er sah eine Bewegung zwei Meter höher und vier entfernt, feuerte auf das dunkle Fenster, aus dem er eben gesprungen war. Die Kugel schlug in den aufgeklappten hölzernen Fensterladen ein. Jon feuerte wieder, vermutete, dass die Kleinkaliberkugel irgendwo im Zimmer einschlug. Der Mann, der hinter ihm im Fenster aufgetaucht war, ging in Deckung.

Jon kroch ein Stück das Dach rauf, erreichte die Spitze des flach zulaufenden Ziegelwerks, rappelte sich auf die Füße. Der Mann erschien wieder im Fenster, Blonde Haare und eine Pistole. Jon Schoss wieder, verfehlte trotz der kurzen Distanz. Der Mann zuckte nicht weg, feuerte ebenfalls. Eine Dachpfanne neben Jons Kopf explodierte. Der feuerte wieder, sah Blut im Gesicht des Mannes spritzen, der zur Seite wich.

Das Dach gehörte einem Endhaus. An drei Seiten ging es mehrere Stockwerke in die Tiefe. Jon konnte nur in eine Richtung, biss die Zähne zusammen und humpelte zu einem Schornstein.

Ein weiterer Schuss fiel. Splitter aus dem Mauerwerk des Schornsteins flogen Jon um die Ohren. Jon zielte – der blonde Mann war wieder im Fenster aufgetaucht. Beide Männer feuerten. Der Mann sandte mehrere Kugeln in Jons Richtung, zwei schlugen in den Schornstein ein, mehrere verfehlten den Kanadier, eine streifte seine Schulter. Jon spürte den Schmerz nicht, feuerte erneut, sah den Mann seinen Hals greifen und hinter dem Fensterrahmen verschwinden. Ein Stück neben Jon endete das Dach an der Wand eines höheren Gebäudes. Dort gab es ein Vordach, darüber ein Fenster. Er zischte vor Schmerz, humpelte darauf zu.

Er hörte Ziegel hinter sich klirren, humpelte über das flach abfallende Dach, realisierte zu spät, dass er sich wieder in Sicht des Boots auf dem Marktplatz unten befand. Der Mann mit dem Karabiner feuerte von links unten auf ihn, verfehlte ihn erneut knapp. Jon lief auf die rechte Seite des Dachs, aus der Sicht des Schützen, warf einen Blick zurück und sah den blonden Mann, der sich aus dem Fenster lehnte, eine Hand an der Wunde an seinem Hals, die andere ausgestreckt mit der Waffe auf ihn gerichtet. Jon feuerte auf den Mann im Fenster, der zog sich zurück, hatte offenbar nicht bemerkt, dass Jons Waffe leer war.

Der zog sich auf das kleine Vordach, exponiert und in Sicht des Schützen auf dem Boot. Er trat die Scheibe aus dem Fenster, als eine Kugel neben ihm in die Mauer einschlug. Er musste aus der Schusslinie kommen. Er stieg in das Dunkel der Dachkammer, während er das Magazin aus der Pistole zog. Drinnen fiel er auf die Seite, schob das Reservemagazin in die winzige Pistole, lud sie durch. Er befand sich in einer Dachkammer. Staubig und offenbar abgesehen von der Lagerung einiger abgedeckter Möbel ungenutzt. Er rappelte sich auf, humpelte hinter etwas in Deckung, das er für eine Kommode hielt, richtete die Waffe auf das Fenster, um das Feuer auf mögliche Verfolger zu eröffnen.

Jemand warf etwas in das Fenster, das zischend über den Boden rollte. Eine Granate, vermutete Jon, stieß die Kommode um und warf sich in die entgegengesetzte Richtung, bedeckte Kopf und Ohren mit den Händen. Die Explosion donnerte wenige Meter hinter seinen Füßen, blies Splitter und Staub in die Luft. Jon drehte sich in eine halb sitzende Position, feuerte auf den Mann, der in das Fenster lugte. Er hörte den Schuss nicht, sah den Mann aber getroffen aus der Sicht des kleinen Fensters straucheln, vermutlich, um vom Dach zu stürzen.

Die Explosion der Granate hatte ein Loch in den hölzernen Boden gerissen. Jon schleppte sich an den Rand der klaffenden Öffnung. Darunter befand sich ein Schlafzimmer, nun verdreckt und voller Holzsplitter. Es war niemand zuhause. Er ließ sich auf das Bett fallen, verzerrte kurz das Gesicht, als sich die Wunde ins einem Bein meldete. Er zwang sich, aufzustehen, verließ das Zimmer, ging einen kurzen Gang hinunter und dann aus der Wohnung. Er hörte Stimmen unten, Schritte auf der Treppe. Waren die beiden Männer aus dem Boot gekommen?

Jon beschloss, es nicht herauszufinden, prüfte die Tür der gegenüberliegenden Wohnung und fand sie unverriegelt. Er zog sie hinter sich zu und schob leise den Riegel vor. Es war niemand zuhause – und das Hochwasser würde dafür sorgen, dass das auch eine Weile so blieb. Jon ließ sich erschöpft auf

einen Stuhl im Flur sinken, um zu warten, bis die Männer
draußen die Suche nach ihm aufgaben und das Wasser sich
aus den Gassen Venedigs zurückzog. Dann würde er sich auf
den Weg zu den Lancerottis machen.

Doktor Jonathan Daniel Danger saß seitlich am Küchentisch von Lorenzo und Vittoria Lancerotti. Das verletzte Bein ausgestreckt, vor sich einen Teller mit den besten Tortellini Carbonara, die er jemals gegessen hatte. Vittoria hatte ihn zunächst sehr argwöhnisch beäugt, als er vor der Tür stand, mit zerschlissener Kleidung, blutiger Hose, blass, schmutzig und abgekämpft.

Die Tatsache, dass er sich tatsächlich als ausländischer Akademiker ausweisen konnte, hatte sie etwas milder gestimmt. Er hatte zudem alle Schuld für die Umtriebe der letzten Nacht auf sich genommen – und Vittoria versichert, dass Lorenzo nur auf sein Drängen hin auf dem Maskenball der Dantarinis gewesen sei, rein professionell und als große Hilfe für seine Forschungsarbeit. Die Dame des Hauses war eine hübsche Venezianerin Ende 20 und damit mindestens fünf Jahre jünger als Lorenzo. Und im vierten Monat schwanger. Inzwischen war sie gegenüber Jon deutlich aufgewärmt. Auch hatte dieser sich inzwischen gewaschen und seine Wunden und Blessuren erneut versorgt.

Sie waren bei Jons Forschung angekommen. „Also wie Atlantis, aber im Pazifik, ja?", fragte Vittoria.

„Ich mag es nicht besonders, den Atlantis-Vergleich zu ziehen aber ja", sagte Jon. „Bislang habe ich Hinweise und erste Beweise. Wenn wir mehr davon zusammentragen können, lässt sich unser bisheriges Verständnis von der Geschichte der menschlichen Zivilisation völlig umkrempeln."

„Aber die Sintflut ... wie passt die in Ihre Theorien?"

Jon atmete unmerklich durch. „Signora Lancerotti, mit Verlaub, Sie müssen die Geschichten aus der Bibel in einem lokalen Kontext betrachten. Wenn das Zweistromland überschwemmt wurde, mag es den Leuten vor Ort wie eine globale Katastrophe vorgekommen sein – in Ostasien war das aber herzlich egal. Und die katastrophalen Ereignisse, die Mu vernichtet haben…" Er bemerkte Vittorias irritierten Blick.

„Glauben Sie nicht an Gott, Dottore Danger?"

„Ich…"

„Vittoria bitte, unser Gast kommt aus der Neuen Welt", schob sich Lorenzo in das Gespräch.

„Schon gut, Lorenzo", sagte Jon. „Signora, ich bin kein Katholik aber mein Großvater war ein Laienprediger, ich bin also durchaus im Glauben an Christus erzogen worden. Aber ich glaube nicht an die Wörtlichkeit der Bibel. Die lässt sich mit der Archäologie einfach nicht vereinbaren. Allerdings, das möchte ich hier betonen, habe ich in den letzten Jahren Dinge gesehen und erlebt, die sich mit der Schulweisheit nicht erklären lassen."

„Haben Sie mit Gott gesprochen?" Vittoria schien das Thema wichtig zu sein. Jons Blick fiel auf das Kruzifix über dem Esstisch und er ahnte, dass nicht Lorenzo es dort aufgehängt hatte.

„Nein. Aber mit einem Mann, der vor zwanzig Jahren gestorben ist. Aber das ist eine Geschichte für einen langen Abend, nicht für ein verfrühtes Abendessen."

„Dottore Danger bleibt heute Nacht bei uns, Vittoria", entschied Lorenzo.

„Natürlich. Wenn diese Männer hinter Ihnen her sind, können Sie nicht ins Hotel zurück."

„Ich hoffe, die wissen nicht, dass ich hier bin. Oder wer Lorenzo Lancerotti ist." Jon blickte seinen lokalen Kontakt an.

„Sollten sie nicht. Ich habe auf dem Ball mit niemandem geredet und war die ganze Zeit maskiert."

„Wahrscheinlich", beendet Jon das Thema, „hätte ich es auch so handhaben sollen."

Nach dem Abendessen schmiedeten Jon und Lorenzo Pläne für den nächsten Tag. Das Zimmer mit der Standuhr war nicht öffentlich zugänglich. Lorenzo hatte es mit Bestechung versucht, damit aber keinen Erfolg gehabt – wenn Jon an die untere Hälfte der Aigner-Stele heranwollte, mussten sie anders vorgehen.

„Wir könnten sie ablenken", schlug Vittoria vor, während sie ihrem Mann und dem Gast Wein nachschenkte. Die beiden Männer blickten sie an. „Was schaut ihr so? Wenn es bei den Dantarinis geklappt hat, macht es doch noch einmal. Aber dieses Mal muss Dottore Danger wohl selber in die Höhle des Löwen. Lorenzo, mi Amore, wir könnten das Ablenkungsmanöver sein."

„Das ist...", begann Lorenzo.

„Keine so schlechte Idee", sagte Jon.

Giovanni Dantarini hatte seinen Arm abgebunden und suchte die Vene in seinem Ellenbogen. Er spritzte sich eine Dosis Morphium, wie jeden Tag seit dem großen Krieg. Die Wunde in seinem Hals hörte schnell auf, zu schmerzen. Er lehnte sich auf der Couch in seinem Arbeitszimmer zurück. Lucius war schwer verletzt worden, angeschossen und zwei Stockwerke in die Tiefe in flaches Wasser gestürzt.

Es war unklar, ob sein Kamerad überleben würde. Giovanni hatte mit dem Mann gemeinsam bei den Arditi gedient. Sie hatten tollkühne Aktionen gegen die Österreicher und die Deutschen überlebt. Sie waren mit Messern, Pistolen und Granaten bewaffnet direkt dem eigenen Artilleriefeuer gefolgt und hatten Gräben erstürmt, bevor der Feind wusste, wie ihm geschah. Seit dem Krieg arbeiteten drei seiner alten Kameraden für ihn. Nun waren es vermutlich nur noch zwei – kämpfen würde Dario nie wieder, das sagte der Arzt ohne jeden Zweifel.

Der Kanadier musste sterben. Aber er, der Herr im Hause Dantarini, konnte sich nicht mehr selber darum kümmern. Er hatte einen Termin auf der anderen Seite der Adria. Seit Jahrhunderten vertrauten die großen Familien Venedigs dort im Wald auf eine Macht, die größer war als die der Menschen oder auch der katholischen Kirche. Sie hatten schon heimlich Opfer gebracht, als man in dieser Gegend noch an Ianus und Iupiter geglaubt hatte.

Nun wollten die Faschisten Venedig seiner Unabhängigkeit berauben. Es bedurfte Widerstand auf allen Fronten – wirtschaftlich, politisch, aber eben auch übernatürlicher Art. Der Zirkel hatte sich auf den kommenden Vollmond geeinigt und er musste heute noch abreisen, plante, einen Tag vor dem Termin auf Cres zu sein.

Vincente würde zurückbleiben und den Amerikaner aufstöbern. Und dafür sorgen, dass Giovannis Schwester Giulia die Sache nicht behinderte. Sie hatte sich von Ideen der modernen Welt verführen lassen, wollte in den Geschäften der Familie zu viel mitreden. Giovanni war der Vorstand des Hauses Dantarini. Und das Benehmen seiner Schwester, auch in Anbetracht der Geschichte mit diesem Dottore Danger, war eine reine Provokation. Steckte sie am Ende mit diesem Dieb unter einer Decke? War die Sache auf dem Ball kein Zufall gewesen? Und dann hatte ihn sein Kontakt aus dem Museum angerufen. Ein seltsamer Typ hatte ihm Geld geboten, um in das Zimmer zu gelangen, das seine Familie dereinst gestiftet hatte. Und zufällig ergab seine Recherche nach dem gestohlenen Werk aus der Familienchronik, dass dort die Einrichtung eben dieses Zimmers verzeichnet war.

Es waren Rätsel über Rätsel. Er würde sie schon noch lösen, wenn er vom Treffen auf Cres zurückkehrte. Solange Vincente diesen Danger umbrachte, war Giovanni Dantarini erst einmal zufrieden. Und wenn sich sein Verdacht bestätigte, könnte Vincente dem Kanadier einfach auflauern. Und gleich den Komplizen schnappen, der auf dem Ball wohl in die Zimmer der Familienbibliothek geschlichen war. Giovanni würde die beiden Männer dann verhören, wenn er zurückkehrte. Und er würde sie leiden sehen.

Jon ging humpelnd über den Markusplatz. Das Wetter war grau, kühl und feucht – von der Überflutung am Vortag waren noch immer Pfützen übrig. An drei Seiten war er von fantastischer alter Architektur umgeben, an einer war der Blick auf die Lagune frei. Eine frische Brise wehte über den Platz, als Jon aus dem Schatten des Uhrenturms trat und den Dogenpalast erstmals in voller Breite erfasste. Er riss seinen Blick von den vielen hellen Bögen des gewaltigen und uralten Bauwerks und sah auf die Mappin & Webb Campaign Watch an seinem Handgelenk. 11:07. Dreiunddreißig Minuten, bis zum ersten Schritt in ihrem Plan. Zeit, eine Eintrittskarte zu kaufen.

Um 11:13 war Jon durch den Eingang in das Gebäude gekommen und hatte den Eintritt bezahlt. Es war ein Samstag, das Museum war gut besucht. Er folgte dem allgemeinen Besucherstrom in Richtung des ersten Obergeschosses. Dort befand sich laut eines Plans, den Lorenzo gezeichnet hatte, in einem Seitentrakt das Zimmer mit der Einrichtung aus dem Hause Dantarini.

Es war 11:21, als er vor der Kordel stand, die den Gang in Richtung des Zimmers absperrte. Es waren viele Leute hier, Jon konnte nicht einfach darüber hinwegsteigen. Ein Stück den Gang runter stand ein Museumsangestellter in pompöser Uniform und beäugte ihn bereits mit etwas Argwohn. Er hätte den Hut bei Lorenzo lassen sollen.

Um 11:26 war Jon in einem Ausstellungsraum mit spätmittelalterlichen Hellebarden. Die Waffen waren mit eisernen Beschlägen an der Wand befestigt. Sein Interesse für die Formen der Klingen im Wandel der Jahrhunderte war nicht gespielt. Ebenso wenig wie seine Bewunderung für das große Modell einer venezianischen Triere aus dem 16. Jahrhundert, das die Mitte des Raums einnahm. Die vier Kanonen im Bug mussten gewaltig gewesen sein. Und es war faszinierend, dass diese Schiffsform auch mit moderneren Waffen über zwei Jahrtausende lang das Mittelmeer dominiert hatte.

Jon blickte erneut auf seine Uhr, als es 11:34 war. Es wurde Zeit. Er ging die Treppe hinauf, zurück an die Stelle, an welcher der abgesperrte Flur abging. Lorenzo und Vittoria waren eben über den Markusplatz gekommen, er hatte sie aus dem Fenster sehen können.

11:39 ging die Show los: Gezeter einer aufgebrachten Frau, beschwichtigende Antworten von ihrem Mann. Das Ganze eine Etage tiefer aber laut genug, als dass die Handvoll Museumsbesucher hier es mitbekamen. Die Italienische Sprache war sehr gut dafür geeignet, Wut auszudrücken, befand Jon. Wortfetzen übler Beleidigungen drangen zu ihm hoch. Vorwürfe von Untreue. Und das so kurz, bevor das Kind käme. Ihre eigene Schwester. Kleinlaute Antworten des dazugehörigen Mannes, die langsam lauter wurden.

Vittoria improvisierte exzellent. Lorenzo fügte sich in seine Rolle ebenfalls gut ein. Der Wachmann verließ seinen Posten, um zu sehen, warum seine Kollegen im Erdgeschoss nicht mit dem Tumult fertig wurden. Auch die anderen Besucher waren neugierig geworden, bewegten sich in Richtung Treppe. Jon nutzte die Gelegenheit und stieg über die rote Kordel, die den nicht-öffentlichen Flur abtrennte.

11:41. Jon betrat den Raum, welchen die Dantarinis dem Museum im Dogenpalast gestiftet hatten. Er war halb dunkel, nur wenig Licht fiel durch zwei schmale aber sehr hohe Fenster auf einen schweren Teppich und antike Möbel aus dunklem Holz. Die Decke war mit einer Freske von Engeln bemalt, die nur schwer zu erkennen war. Jons Blick fiel auf die Standuhr, die zwischen den beiden Fenstern stand.

Es war klar ersichtlich, dass der Stil der gleiche war, den Alois Aigner drei Jahrzehnte später in seinem Mausoleum in Auftrag gegeben hatte. Der Mann mochte seine katholischen Reliquienschreine. Die Uhr war aus dunklem Holz und an den Rändern mit Silber beschlagen. Sie stand mannshoch und hatte ein hinter Glas sichtbares Uhrwerk mit vergoldeten Zahnrädern. Das Zifferblatt war aus Porzellan und mit astrologischen Symbolen geschmückt. Sie stand still, konnte aber mutmaßlich weit mehr anzeigen, als nur Stunde und Minute – Jon sah fünf Zeiger auf drei Zifferblättern sowie mehrere drehbare Scheiben mit Sternenkonstellationen darauf.

Der Sockel, in dem die Gewichte hingen, war allerdings nicht bis zum Boden hin durchsichtig. Der untere Teil war aus schwarzem Stein und mit kreisförmigen Linien verziert. Es war die untere Hälfte der Stele, die Jon im Museumsmagazin von Kairo gefunden hatte.

Jon verlor keine Zeit. Er hockte sich vor die Uhr und holte aus seiner Umhängetasche einen Bogen Papier und einen Kohlestift hervor. Aigner war sich der Wirkungsmacht der antiken Stele bewusst gewesen: Der Stein war von allen vier

Seiten sichtbar, lediglich an den Kanten von einer Leiste aus Metall eingefasst. Die dort eingravierten Symbole für Sternzeichen ließen die Kreise und Spiralen der antedeluvischen Schrift auf dem Stein selber wirken wie Orbitalbahnen eines Sonnensystems. Jon schraffierte die erste Fläche der Stele, machte eine Kopie der fremdartigen Schrift darauf.

Draußen auf dem Flur waren Schritte zu hören. Jon bewegte sich um neunzig Grad um den Fuß der Standuhr herum. Der Raum war dunkel genug, als dass ein flüchtiger Beobachter ihn hätte übersehen können. Die Schritte wurden wieder leiser. Er schraffierte mit einem neuen Bogen die nächste Seite der Stele ab.

Jon hielt seine Armbanduhr ins Licht des Fensters. 11:56 Uhr. Er schraffierte die letzte Seite der Stele. Er würde die Schraffur per Panthograph auf ein anderes Papier übertragen und mit den Symbolen von der Oberseite der Stele aus Ägypten zusammenfügen. Dann würde die fantastische Linse sie hoffentlich übersetzen können. Einen Teil könnte er vermutlich auch selber hinbekommen aber Vokabular und Syntax wiesen noch immer Lücken auf. Er rollte das Papier zusammen, schob es in eine Papprolle und verstaute es in seiner Tasche. Dann sah er eine Bewegung aus dem Augenwinkel.

Der Mann musste die ganze Zeit regungslos in der dunkeln Ecke gestanden haben. Jon hatte den Schatten für eine Rüstung gehalten. Es war ein Mensch in Rüstung. Jon zückte die Pistole.

„Keine Bewegung und keinen Schritt näher", sagte er auf Italienisch. Der Mann trug etwas, das wie ein verstärkter mittelalterlicher Topfhelm aussah. Die Stahlplatte in der Front erinnerte Jon an Sturmtruppen des Kriegs. Nur die Nase und die Augen ragten aus dem Helm heraus, unten trug der Mann einen Schal um Hals und Mund gewickelt. Er hatte ein langes Messer in der Hand.

„Schießen Sie und der Raum wimmelt vor Wachen. Machen wir es aus, wie Männer", sagte der Mann. Jon blickte ihn an. Er war gebaut wie ein Panzerwagen, etwas kleiner als Jon, aber deutlich kompakter. Und er bewegte sich, wie ein geschulter Killer.

Sämtliche Glocken der Stadt begannen zu läuten. Der Mann lief los. Jon drückte ab, hoffte, die Kirchglocken würden den Schuss der Kleinkaliberwaffe überdecken. Es gab ein schepperndes Geräusch von der Brust des Mannes, dann schmetterte dieser in ihn hinein. Zu spät realisierte der Kanadier, dass sein Widersacher auch deshalb so kompakt wirkte, weil er einen schweren Stahlharnisch trug. Jon fand sich auf dem Rücken wieder, den Fremden auf sich, nur zwei Handbreit zwischen ihren Gesichtern. Und das Messer an seinem Hals.

„So Signor. Sie kommen jetzt mit mir. Oder Sie geben mir einen Grund, Ihnen den Hals durchzuschneiden."

Doktor Jonathan Daniel Danger saß gefesselt in einem Bootshaus irgendwo in Venedig. Sein Häscher hatte ihn unauffällig aber bestimmt über einen Geheimgang durch den Dogenpalast geführt. Dann über eine Gebäudebrücke, die über einen Kanal in ein anderes Gebäude führte. Treppen hinunter, in ein Boot. Dort musste sich Jon fesseln und unter einer Plane verstecken lassen. Das Motorboot war eine Weile durch die Kanäle der Stadt gefahren, dann, wie es sich angefühlt hatte, etwas über offenes Wasser. Schließlich war Jon unter vorgehaltener Waffe in das Dunkel dieses Bootshangars geführt worden.

Der Kanadier saß gefesselt auf einem Stuhl in dem zugigen Gebäude. Es war groß, größer als in der Innenstadt von Venedig üblich. Möglicherweise befanden sie sich auf einer der umliegenden Inseln. Der Stuhl war an einem Balken festgebunden. Jon konnte auf die drei Bootstore sehen, die hier hineinführten. Das Motorboot, mit dem sie gekommen waren, lag im mittleren Dock. Ein elegantes Motorboot, schmal, etwa zwölf Meter lang, mit Platz für ein Dutzend Menschen, wenn nötig. Das von Jon aus linke Dock war leer. Im Rechten lag ein weiteres Boot, im Halbdunkel schwer zu erkennen. Es war weitaus breiter als das, mit dem er gekommen war, aber etwas kürzer. Eine seltsame Konstruktion, soweit er erkennen konnte.

Es roch nach der leicht salzigen Luft der Lagune, nach Öl und nach Terpentin, nach modrigem Holz. Das Licht draußen ging langsam in das Orangerot des Sonnenuntergangs über. Hier drinnen warf eine Öllampe tanzende Schatten auf die Wände. Jon testete wieder die Fesseln aus. Er war gut verschnürt. Die Füße am Stuhl, die Hände auf dem Rücken an der Lehne. Robustes Möbelstück. Fest mit dem Balken vertäut. Geknebelt war er ebenfalls, wenngleich er durchaus rufen konnte. Was er aber unterließ. Was auch immer der Mann mit ihm vorhatte, bislang hatte er davon abgesehen, ihn zu verletzen, foltern oder umzubringen. Vielleicht wartete er auf seinen Boss.

Der kompakte Mann mit dem Plattenpanzer war gegangen und hatte ihn alleine gelassen, schon vor Stunden. Jon hörte die Tür hinter sich knarzen, versuchte, sich umzudrehen, bekam aber keine Sicht auf das, was hinter ihm geschah. Schritte. In hochhackigen Schuhen. Dann schob sich eine Frau in sein Gesichtsfeld.

Sie hatte blondes Haar, das sie hochgesteckt trug. Sie war in eine einfache Kombination aus einer traditionellen Bluse und einem engen Rock gekleidet, ein Look, den Jon mit den Sekretärinnen reicher Männer an der Ostküste verband, den sie aber mit einer Aura der absoluten Überlegenheit kombinierte. Jon schätzte die Frau auf etwa sein Alter ein, vielleicht auch ein wenig älter. Aber höchstens Mitte 30. Auch wenn er ihre elegante Nase nicht kannte, erkannte er doch ihre grünen Augen sofort wieder. Diese musterten ihn. Sie nahm ihm den Knebel ab.

„Dottore Danger", stellte sie fest.
„Der bin ich. Und Sie?"
„Ich bin die Frau, die Sie vielleicht hier rausholt."
Jon sah sie etwas überrascht an. „Wollen Sie sagen, Sie sind nicht hier, um mich zu verhören?"
„Vincente weiß nicht, dass ich hier bin."
Ein fragender Blick von Jon.
„Der Mann, der Sie hergebracht hat. Vincente arbeitet für meinen Bruder Giovanni. Giovanni Dantarini."
„Sie sind also Signora Dantarini? Haben Sie einen Vornamen?"

„Giulia. Mein Bruder und seine Kameraden wollten Sie umbringen. Sie waren offenbar wehrhafter, als erwartet."

„Warum waren die hinter mir her? Weil ich mit Ihnen...?"

Die grünen Augen blitzten spöttisch. „Nein, Dottore, nehmen Sie das nicht zu wichtig. Was auf dem Carnivale passiert, tut nichts zur Sache. Wir hatten Spaß. Aber mein Bruder... Für ihn ist der Höhepunkt des Abends nicht der, wenn er in den Mund irgendeiner Hure abspritzt. Blicken Sie nicht so geschockt. Wir sind beide erwachsene Menschen, oder?"

„Wollen Sie mich nicht losbinden?"

„Ich möchte Ihnen zuerst etwas erzählen. Dann mache ich Ihnen ein Angebot. Schlagen Sie es aus, lasse ich Sie, wo Sie sind."

„Tolles Angebot, Signora. Ich bekomme direkt Lust, Ihnen zuzuhören."

Die Frau ignorierte Jons sarkastischen Kommentar. Sie nahm sich einen Schemel, setzte sich zwei Meter vor ihm hin und schlug elegant die Beine übereinander. Sie trug unter dem Rock eine Strumpfhose im grünen Tartanmuster. Jon hatte den Stil schon einmal gesehen – bei Phils Cousinen, wenn sie zur Jagd gingen.

„Dottore ich stamme aus einer Familie, die seit mehreren Jahrtausenden existiert. Wir können uns auf Senatoren im alten Rom zurückverfolgen. Wir haben die Geschicke dieser Stadt schon mitgelenkt, als sie noch eine Ansammlung von Fischerhütten auf einigen verstreuten Inseln war."

„Ich bin durchaus informiert, wer Ihre Familie ist, Signora."

„Gut, dann wissen Sie, dass wir Macht zu kultivieren und halten wissen. Mein Bruder ist derzeit der Vorstand unseres

Hauses. Er ist der älteste Sohn und unsere Eltern sind von der Spanischen Grippe nicht verschont geblieben."

„Mein Beileid. Ich habe selber..."

„Lassen Sie mich ausreden, Dottore. Wir haben nicht unbegrenzt Zeit."

Jon schwieg.

„Zweitausendfünfhundert Jahre Familiengeschichte ruhen auf den Schultern meines Bruders. Und er zieht in den Krieg. Kommt wieder, hat eine neue Leidenschaft: Das Töten. Er war bei den Arditi. Männer, die mit jedem Angriff ihr Leben riskiert haben. Männer, deren Schlachtruf war, dass sie entweder siegen oder alle sterben. Und es hat ihm so viel Freude bereitet, dass er nicht nur seine Kameraden mitgebracht hat, sondern er mit ihnen auch noch weiter getötet hat. Nicht oft, vielleicht einmal im Monat. Aber die Vier gehen regelmäßig auf die Jagd. In den Gassen unserer Stadt."

Jon begriff, in was er da hineingeraten war. Er zitterte jetzt nicht mehr nur vor Kälte.

„Mein Bruder ist eine Schande und ein Monster, Dottore. Er tötet unschuldige Menschen und riskiert den Namen und sogar die Existenz unserer Familie. Er hat seine Verlobte erstochen. Er hat meinen Verlobten mit einer Weinflasche erschlagen. Er sorgt dafür, dass wir keine Nachkommen haben. Das Haus Dantarini könnte mit ihm enden. Und das", sie stand auf, ging einen Schritt auf Jon zu und fuchtelte mit dem Zeigefinger vor seiner Brust herum, „das kann ich nicht zulassen."

„Was hat das mit mir zu tun? Wollen Sie, dass ich ihn für sie umbringe? Ich bin Archäologe, kein Auftragsmörder."

„Dottore, Sie haben einen von Giovannis Arditi-Freunden vom Dach geworfen, wie ich gehört habe. Sie können es mit denen aufnehmen. Und noch wichtiger: Sie haben das Herz am rechten Fleck. Können Sie zulassen, dass Giovanni, Vincente und Dario weiter Unschuldige ermorden? Was ist mit ihrem Freund, dem Bibliothekar? Und seiner schwangeren Frau?" Giulia setzte sich wieder auf ihren Schemel, schlug die Beine übereinander.

„Ich weiß nicht, wovon Sie reden."

„Schwachsinn, Dottore Danger. Ich habe meine Quellen. Dieser Lancerotti hat Ihnen Zugang zu unserer Feier verschafft. Er muss es auch gewesen sein, der die Familienarchive durchwühlt hat. Was suchen Sie eigentlich?"

„Lassen Sie Lorenzo da raus."

„Helfen Sie mir und mein Bruder muss nicht erfahren, wer uns bestohlen hat."

„Wie genau soll ich Ihnen helfen? Für einen Auftragsmord müssen Sie wirklich einen anderen finden."

„Es geht um mehr als nur Mord, Dottore Danger. Mein Bruder ist derzeit fort. Das ist er immer um diese Jahreszeit, gemeinsam mit den anderen Vorstehern der großen Häuser Venedigs. Ich habe lange nachgeforscht. Ein Geheimnis, das nur die allerwichtigsten Männer dieser Stadt kennen verbindet sie alle. Und das schon seit uralten Zeiten. Sie treffen sich, auf der anderen Seite der Lagune. Und das haben sie schon getan, bevor hier das Christentum einzog. Vielleicht sogar schon, bevor man hier Jupiter und Bacchus verehrt hat. Und ich will dazugehören. Wir müssen da hin. Und Sie haben Erfahrung in Expeditionen..."

Hinter Jon rasselte ein Schlüssel in einem Schloss. Giulia sprang auf. Sie machte zwei schnelle Schritte auf Jon zu. Zückte ein Messer. Kam ihm sehr nahe. Jons Nase lag zwischen ihren Brüsten, während sie um ihn herumgriff und seine Fesseln durchtrennte. „Jetzt haben Sie keine Wahl mehr, Dottore. Retten Sie uns beide oder wir sterben hier."

Das Seil fiel zu Boden. Jon stand auf, rieb sich die steifen Glieder, blickte herum. Der Mann mit dem Plattenpanzer, Vincente, stand in der Eingangstür. Ihre Blicke trafen sich. Jon bückte sich, griff die Öllampe und schleuderte sie auf den Mann. Der riss die Arme hoch, wurde getroffen, stolperte rückwärts und hinter einer Werkbank aus Jons Blickfeld. „Das Boot, Signora. Los!"

Giulia Dantarini stieg in das Motorboot, während Jon auf dem Steg darum herumlief, um das Tor zu öffnen. Flammen loderten hinter der Werkbank hervor, an der Stelle, an der Vincente verschwunden war. Der Bootsmotor begann zu tuckern, während Jon den Balken von den Flügeln des Tors schob. Er ließ ihn ins Wasser fallen, sprang ins Boot, das sich von Giulia gesteuert nach draußen in die Abenddämmerung schob.

Jon sah eine Gestalt vor den Flammen auftauchen, dann waren sie draußen in der kühlen Abendluft. Das Boothaus war Teil einer größeren Anlage. Ein Blick in die Runde zeigte ihm, dass sie sich nördlich der eigentlichen Stadt Venedig auf einer vorgelagerten Insel befunden hatten.

Kalter Fahrtwind schnitt ihnen um die Nasen, während das Boot über flache Wellen hüpfte. „Wissen Sie, wo wir hinmüssen?", rief Jon über den Motorenlärm hinweg. Giulia Dantarini hatte aus einem Fach neben dem Steuerrad eine Lederkappe und eine Fliegerbrille hervorgeholt und zog sie beides gerade über.

„Ja. Wir fahren um die Stadt herum und verlassen die Lagune dann im Südosten. Bis dahin gibt es Bojen, die uns den Weg leiten. Dann halten wir uns in östlicher Richtung, bis wir zur anderen Seite der Adria kommen."

„Schaffen wir das mit diesem kleinen Kahn?"

„Wir werden es versuchen, Dottore. Wir wechseln uns ab. Wir können in zehn Stunden dort..." Giulia wurde von einem lauten Geräusch unterbrochen. Es klang, wie ein startendes Flugzeug. Sie drehte sich um.

„Verdammt, ich dachte, das Ding funktioniert nicht mehr", rief sie und ließ den Motor zu Vollgas aufheulen. „Vielleicht können wir ihn in der Stadt abhängen."

Jon blickte zurück. In der Abenddämmerung sah er, dass etwas aus dem Boothaus geschossen kam. Es klang wie ein Flugzeug und schien auch ähnlich schnell unterwegs zu sein. Es war das seltsame Boot. „Was zur Hölle ist das?", rief er.

„Ein Gleitboot. Ein Prototyp der österreichischen Marine. Kriegsbeute. Mein Bruder hat es von seinem General geschenkt bekommen. Es fährt nicht durch sondern über das Wasser."

Jon begriff, als das Boot näher kam. Es war viereckig, hatte nicht den Bug eines Schiffs, sondern war insgesamt wie ein Abschnitt eines Flugzeugflügels geformt. Hinten mussten Schrauben ins Wasser ragen. Es war unglaublich schnell, berührte die Wellen mit dem Rumpf scheinbar gar nicht.

Das Gleitboot hätte sie innerhalb weniger Sekunden eingeholt, hätten sie nicht den Rand der eigentlichen Stadt erreicht. Giulia riss das Boot nach Backbord und steuerte sie in einen Kanal, der keine drei Meter breit war. Ihr eigenes Boot passte dort gerade so hinein, das Gleitboot war zu breit. Es drehte ab und klang dabei wie ein abstürzendes Flugzeug. Der Lärm verschwand schnell, während ihr eigenes Motorengeräusch von den Wänden der Häuser an beiden Seiten des Kanals zurückgeworfen wurde. „Wir versuchen es durch die Stadt. Vielleicht können wir ihn abhängen, wenn er nicht weiß, wo wir hinwollen", rief Giulia.

Sie verlangsamte das Boot weit genug, um den Kurven des Kanals folgen zu können. Die Bugwelle überschwemmte Wege an den Seiten, wo es diese gab. Eine vertäute Gondel schlug hart gegen die Hauswand dahinter, als sie vorbeifuhren. In den Häusern brannten bereits Lichter und jemand fluchte ihnen hinterher, vermutlich wegen des Motorenlärms. Sie passierten insgesamt fünf Brücken, unter denen sich Jon ducken musste. Dann fuhren sie auf den Canal Grande ein, bogen links ab und waren zwischen anderen motorisierten Booten unterwegs.

„Wenn wir ihm entkommen wollen, sollten wir die größeren Kanäle meiden, oder?", fragte Jon.

„Ja. Da vorne fahren wir links rein." Giulia steuerte das Boot in einen engeren Kanal, dann über zwei Kreuzungen. Mehrere Brücken überraschten Jon, der sich wieder ducken musste. Sie folgten den Kurven des Kanals, jetzt mit deutlich zivilisierterer Geschwindigkeit.

„Ich bringe uns zum Rio de la Pleta", sagte Giulia. Jon nickte nur, ohne wirklich zu verstehen. „Bei den Fähranlegern dort können wir vielleicht unentdeckt entkommen."

Der Kanal wurde nach einer Kurve deutlich breiter. Dann bogen sie rechts ab und fuhren einen noch breiteren Kanal entlang, der schließlich an der Promenade gegenüber der Klosteranlage von San Giorgio Maggiore mündete. Sie waren also vom Ausgang des Canal Grande aus gesehen jenseits des Dogenpalasts herausgekommen, realisierte Jon.

Giulia folgte einem Vaporetto-Wasserbus, überholte diesen und beschleunigte in einer weiten Kurve auf den Ausgang der

Lagune zu. Im letzten Licht der Dämmerung passierten sie die Leuchtfeuer auf den Molen links und rechts. „Ich halte uns auf einem östlichen Kurs", erklärte Giulia. Versuchen Sie, etwas zu schlafen. Ich wecke Sie in drei..." Wieder wurde die venezianische Adlige von einem Geräusch unterbrochen, das wie ein Flugzeug klang. Jon fuhr herum. Ein Scheinwerfer glitt über die Wasserfläche auf sie zu. Das Gleitboot war innerhalb einer halben Minute bei ihnen.

Jon fragte sich gerade, was der Mann, der sich mutmaßlich hinter dem Scheinwerfer befand, vorhatte, als er das Hämmern eines Maschinengewehrs hörte. Er warf sich instinktiv auf den Boden des Boots. Die Kugeln durchschlugen allerdings nur das Heck. Der Motor verstummte. Auch der Flugzeuglärm des Gleitboots verstummte, das Fahrzeug nur zehn Meter von ihnen entfernt auf Backbord.

„Giulia. Dottore. Sie sinken. Kommen Sie freiwillig rüber oder muss ich noch ein paar kleine Metallkameraden auf Sie hetzen?", rief es hinter dem blendenden Licht des Scheinwerfers hervor.

„Vincente, du wagst es?", Giulias Stimme bebte vor Zorn.

„Halt die Fresse, Schlampe", Vincentes Stimme war nun deutlich weniger freundlich. „Giovanni mag dein Bruder sein aber jetzt habe ich hier das Sagen. Also. Ich bringe das Boot jetzt näher, dann könnt ihr umsteigen. Eine falsche Bewegung und ihr seid tot."

Tatsächlich lief Wasser in den Rumpf des Boots. „Wir ergeben uns", rief Jon, als Giulia still blieb. „Besser, als im kalten Wasser zu ertrinken", zischte er der Frau zu. Er war sich noch immer nicht sicher, ob sie bei der ganzen Aktion seine Partnerin oder Entführerin war.

Vincente ließ den Motor des Gleitboots kurz aufheulen und das rechteckige Gefährt schob sich auf sie zu. Jon realisierte, dass der Mann nicht mehr am Scheinwerfer und vermutlich damit auch nicht mehr am Maschinengewehr stand. Als das Boot auf drei Meter heran war, sprang er hinüber. Er ignorierte das Stechen in seinem verletzten Bein, duckte sich unter dem Scheinwerfer hindurch und traf auf Vincente, der am Steuer des Fahrzeugs stand.

Das Gleitboot hatte ein relativ großes Deck von vier mal zwölf Metern Breite und Länge. Vincente reagierte schnell, zückte ein Messer aus seinem Gürtel. Jon griff den Messerarm, schmetterte dem Gegner seine Stirn ins Gesicht. Es war ein riskantes Manöver, der Mann trug noch immer den verstärkten Topfhelm, aber seine Nase war frei und Jon erwischte ihn eben dort.

Vincente versuchte, das Messer in Richtung Jon zu bewegen, Blut strömte aus der gebrochenen Nase, beide Männer strauchelten über das schwankende Deck. Sie stürzten, Jon war auf Vincente, der war zu stark, riss ihn herum, rollte sich auf ihn. Zum Heck hin fiel das Deck des Gleitboots ab. Jon nutzte den Schwung, rollte weiter, spürte das Messer, das ihn in den Oberarm ritzte, plötzlich die Kälte des Wassers.

Er bekam den Rand des Boots zu fassen, klammerte sich daran. Sein Gegner war verschwunden, vom Gewicht seiner Rüstung wie ein Stein in die Tiefe gezogen. Jons Hand krampfte, suchte auf dem feuchten Holz des Decks halt. Dann spürte er eine Hand, die seine griff. Giulia war an Bord des Gleitboots gestiegen, zerrte Jon auf das Deck, das wie eine Rampe ins Wasser ragte, wenn das Fahrzeug nicht in Fahrt war. „Gehen Sie nicht unter, Dottore Danger. Ich brauche Sie noch. Auf Cres. Und mit diesem Ding sind wir in vier Stunden da", keuchte die Venezianerin.

Aber das ist eine andere Geschichte. Nämlich

JON DANGER UND DER KREIS DER HEXE

48